KB101268

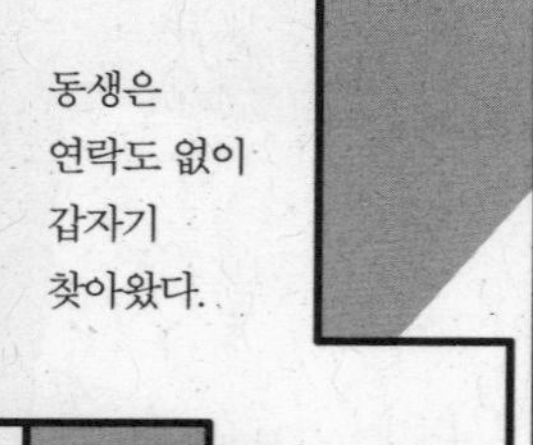

동생은
연락도 없이
갑자기
찾아왔다.

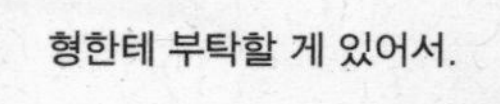

인터폰을 통해
들려오는
동생의 목소리는
기묘하게 가늘고
불안정했다.

몇 년 만인지
기억도 나지
않는다.

흑백 화면에 비친
희끄무레한
회색 얼굴은 윤곽이
불분명한 데다
이마만 기형적으로
확대되어

그 불안정한
목소리만큼이나
비현실적으로
느껴졌다.

그는 잠시
망설이다가
어쩔 수 없이
문을 열어주었다.

그 인간, 내 알 바 아니다.
시간 낭비하지 말고 가라.
부탁이야, 형.
찾아가라는 것도 아니고
돈을 내라는 것도 아냐.
아버지가 치매 증상을
나타내기 시작한 뒤로
동생이 요양원에
아버지를
맡겼다는 것 정도는
그도 건너건너
연락을 받아서
알고 있었다.
그냥 보호자로 형 이름이랑
연락처만 남겨놓으라는 거야.
네가 갖다 맡겼으면 네가
보호자지, 왜 나야? 여태까지
하던 것처럼 하면 될 거 아냐.
좀 그럴 일이 있어.
형 이름만 올려놓으라는 거지
실제로는 별로 할 일도 없어.
돈도 이미 다 냈고, 무슨 일 있으면
거기서 알아서 해줘.
그렇게 알아서 잘해주면
내 이름은 왜 필요한데?
싫어.
내가 미쳤냐?
그 인간 죽건 살건
그쪽으론 침도 안 뱉을 거다.
그딴 부탁
하러 왔으면
나가.

동생은 며칠 뒤에 다시 찾아왔다.

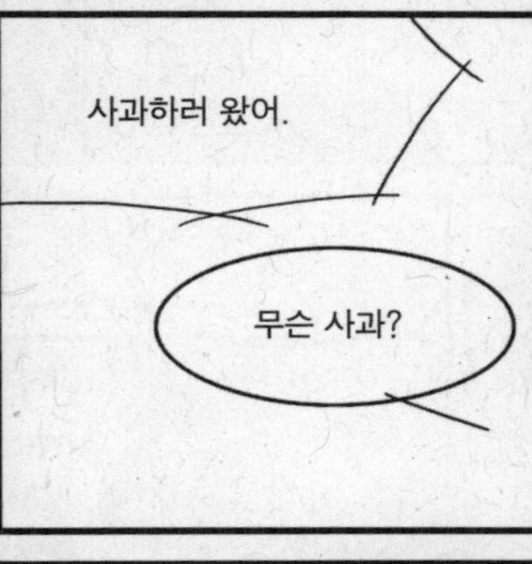

몇 년 만에 불쑥 나타나서
형이 싫어하는 얘기만 한 거,
미안하다고.

이 자식이 이번엔 무슨
수작을 걸려는 거냐, 라는 생각이
들지 않은 것은 아니었지만,
그는 어쨌든
문을 열 수 밖에 없었다.

들어와.

앉아라. 뭐 마실래?

좀 적당히 마셔.
잔소리하러 왔냐?
아니.
그럼 뭐야.
형은 그동안
잘 지냈어?
뭐, 그럭저럭.
넌?
뭐, 그냥......
장가는 갔냐?
여자 없어.
왜? 너 여자들한테
나보다 훨씬 인기 좋았잖아.
형은 여자 없어?
그런 거 신경 끊은 지 오래됐다.
일은?
그냥 그래.
불경긴데 형네 회사는 괜찮아?
요새 괜찮은 회사가 어딨냐,
다들 죽네사네 하지.

그런데 넌 이런
시답잖은 얘기 하려고 여기까지 왔냐?

왜, 동생이 형하고
이런 얘기 하면 안 돼?

너, 솔직히 불어.

사고 쳤지?

무슨 사고?
갑자기 아버지를 나한테
떠맡기려고 드는 거 보면
무슨 사고 친 거 맞잖아.

그런 거 아냐.

사채 썼냐?
피식
아니.
그럼, 보증 섰어?
아니라니까.

뭐야, 그럼?
회사 짤렸어?
짤린 건 아니고...

짤린 게 아니면 뭐야?
그만뒀어?
응.
왜?
그냥.
그냥이라니.

너 지금 회사 때려치운 김에
귀찮은 일은 나한테 떠맡기고
어디로 잠수라도 타려는거냐?
응.
이 새끼 봐라. 몇 년 만에
처음 찾아와서 한다는 소리가
고작 그거냐?
형이잖아.
형한테도 아버지잖아.
그 정도는 부탁할 수 있잖아.
나한텐 아버지 아냐,
난 아버지 없어.
일어나.
그따위 소리 할 거면 꺼져.
다신 오지 마.
이거 놔.
형, 이런 식으로
행동하지 마.
내 집에서 내 맘대로
행동하는 게 어때서,
잔말 말고 나가.
자꾸 그러지 마.
아버지 같잖아.
빠악
나가!

저벅
저벅
벌컥
꺼져 새꺄,
다신 오지 마!
그는 다시
거실로 돌아왔다.
창문을 모두
열었다.
소파 위, 동생이
앉았던 자리에
거무스름하게
커다란 얼룩이
진 것이 보였다.
벅
벅
벅
벅
그는 입안에서
상욕을 중얼거리며
부엌에서
걸레를 가져다가
소파 표면을
문질렀다.

그러나
얼룩은 흐려지면서
더 넓게 퍼지기만 할 뿐
좀처럼 지워지지 않았다.
그리고
동생은
다음 날
다시
찾아왔다.
또 뭐야?
형……
꺼지라고
몇 번을 말해야
알아들어!
당장 사라져, 새꺄!
다신 오지 마!
약 한 시간 뒤에
그는 문에 달린
어안 렌즈를 통해
밖을 내다보았다.
동생이 멍하니
바닥을
내려다보며
서 있는 것이
보였다.
?
어안 렌즈에 비친
동생의 몸이
일순 물결이
일렁이는 것처럼
불분명하고 묘하게
투명해 보여서
그는 눈을 깜빡였다.
너 여기서 뭐 해?

꺼지란 소리 못 들었냐?
형만 힘들었던 거 아냐.
형만 아버지 미워하는거 아냐. 그러니까 혼자만 괴로운 척 하지 마.
네가 무슨 자격으로 그런 소릴 해!
네가 뭘 알아? 어?
그럼 형은 뭘 아는데?
무슨 말이야?
그렇게 말하는 형은 나하고 아버지에 대해서 뭘 아냐고.
너, 도대체 하고 싶은 말이 뭐냐?
들어와.
무슨 일인지, 들어와서 얘기해.
좀 씻고 다녀, 새꺄.
양말은 구정물에 빨아 신었냐?

말해봐, 내가 뭘 모르는데?

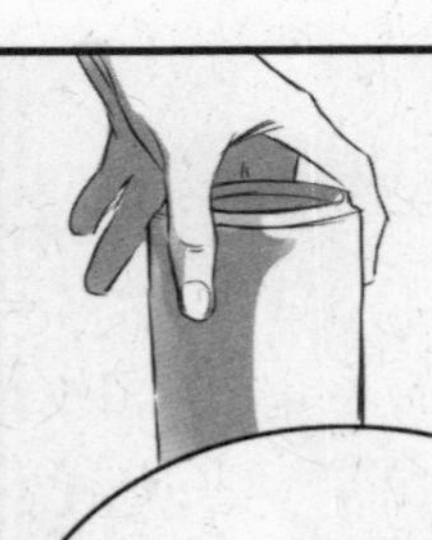
아니 그보다, 왜 갑자기 찾아와서 이런 얘기를 꺼내는 거야?

나라고 아버지가 좋아서 이러는 줄 알아?

네가 아버지를 싫어할 이유가 뭐가 있는데?
아버지가 너한텐 잘해주셨잖아.

안 때리면 잘해준 거야?

심리적 학대 어쩌고 하면서 어리광 부릴 생각이면 꿈도 꾸지 마라.
내가 당한 거에 비하면……
나, 아버지한테 강간당했어.

...... 뭐?
아버지가 날 강간했다고.
웃기지 마......
너 남자잖아.
아버진 어린애 좋아해.
성별 안 가려.
마......
말 같은 소리를 해.
그럴 줄 알았어.
뭐...... 뭘.
안 믿잖아.
야...... 아, 앉아.
뭐 하러.
어차피 믿지도
않을 거잖아.
어머니 나가시고 나서
아버지랑 잠깐 동거했던 아줌마,
기억해?
그 아줌만 또 갑자기 왜?
그 아줌마가 데리고
들어왔던 애, 기억나?

그 아줌마가 왜
말도 없이 갑자기 나가버렸는지 알아?
그는 잊고 있었던,
한때 새어머니였던
사람을 떠올렸다.
새 어머니가
데리고 들어왔던
어린 여자아이와
그 여자아이를
바라보던
아버지의 표정과
아버지를 바라보던
그 여자아이의
표정을 떠올렸다.

그러자
그 당시에는
이해할 수 없고
이해하려고 하지도
않았던
모든 사정들이
갑작스러운
깨달음이 되어
뒤통수를
후려갈겼다.
나 그 아줌마
무진장 싫어했지만,
적어도 자기 딸한텐
엄마 노릇 제대로
하는 것 같더라고......
어쨌든, 믿어줬으니까.
...
간다.
어...... 언제......?
언제, 그랬어?
...
여덟 살부터
열세 살 때까지.
왜......
왜, 그,
그...... 동안...... 말......
왜 말 안했냐고?
형 말대로, 난 남자잖아.
어, 어머닌......?
말, 했어? 아셔?
말했더니, 집 나갔잖아.
그, 그런 얘길,
왜 이제 와서 하는데?

그, 그러면서 아, 아버지는
왜, 왜 돌봐주는데?
거기다가 왜 나,
나까지 끌어들이려는거야!
끌어들이다니? 형이잖아.
형 입장에서 그게 할 말이야?
내 입장?
너, 나 원망하냐?
형이면서,
동생이 그런 일 당하는거
막아주지 못해서?
그래서, 복수라도 할 생각이야?
아버지를 나한테 떠맡기는 걸로?
드라마 찍어? 유치하게.
어딜 가!
괜히 와서
괜한 소리만
했잖아.

야, 거기 서.
왜.
일단 불렀지만 그는 자신이 무슨 말을 하고 싶은 것인지 알 수 없었다.
왜, 왜 진작 말 안 했어?
진작 알았으면, 경찰에 신고라도......
얘기했잖아. 말했더니 어머니가 집을 나갔다고.
난 내가 뭘 굉장히 잘못한 줄 알았어.
하, 하지만, 그 뒤에라도, 얘기했으면......
얘기했다가 형까지 집 나가면 난 어쩌라고.

그는 어떻게든
반박할 말을 찾아
턱을 위아래로
조금 움직였지만
목에서 아무 소리도
나오지 않았다.
동생은 잠시
그런 그의 얼굴을
들여다보았다.

가지 마,
내 얘기 아직 안 끝났어

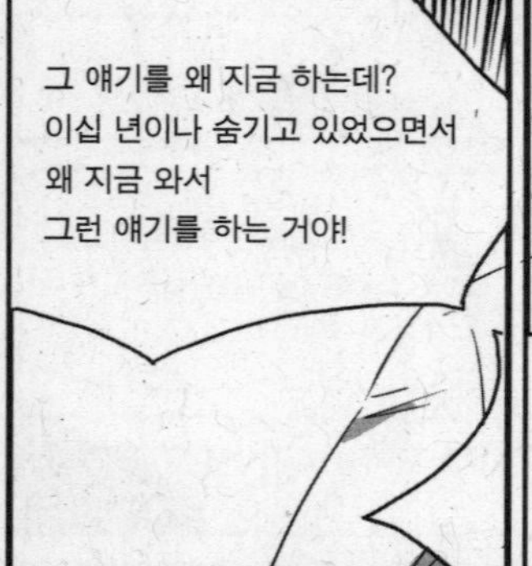
그 얘기를 왜 지금 하는데?
이십 년이나 숨기고 있었으면서
왜 지금 와서
그런 얘기를 하는 거야!

그리고, 그런 일이 있었으면
왜 진작 집 안 나왔어?
왜 치료비까지 대면서
그런 짐승 같은 새끼를 돌봐주는 거야?
억울하지도 않아? 화나지도 않아, 넌?

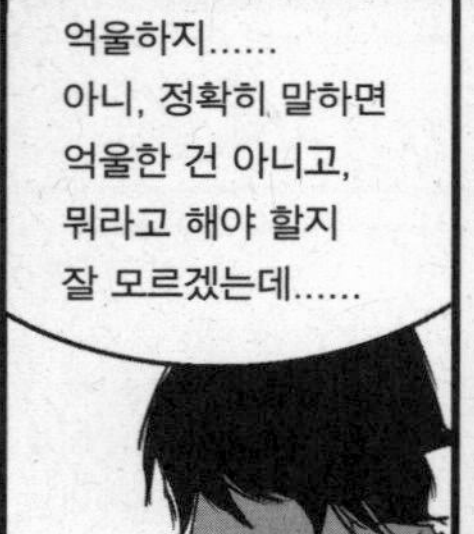
억울하지……
아니, 정확히 말하면
억울한 건 아니고,
뭐라고 해야 할지
잘 모르겠는데……

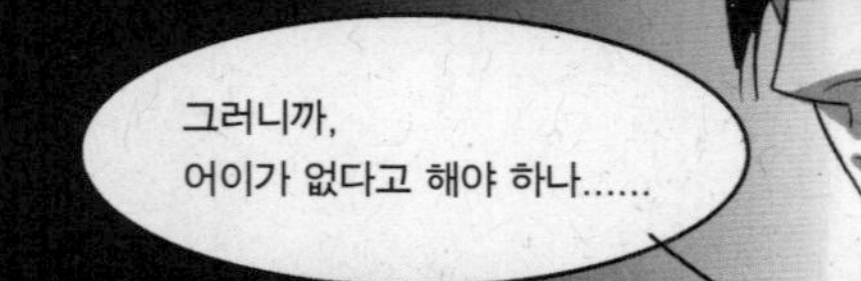
그러니까,
어이가 없다고 해야 하나……

병원에서 전화가 왔는데,
길에서 헤매다 쓰러진 걸 누가
구급차 불러줬다고......
치매 같은데 입원시키고
정밀검사해보자고 그러는데......
그 말 들으니까.....
피식
웃음이 나오더라고......
그때 나한테 말하지 그랬어.
처음에 연락 왔을 때
진작 말했으면...
형 그때 중국에
파견 나가고 없었잖아.
그, 그래도 그렇지...
그렇다고 그걸 입원시키고
치료까지 해줘?
그것도 아버지라고?
사실은 그 생각도
많이 해봤는데.

확 그냥 길에다 버릴까,
어디 산에 가서 고려장이라도 시켜버릴까,
그런 생각도 해봤거든...
그렇게 그냥, 쥐도 새도 모르게
어디다 갖다 버렸으면...
진짜 개처럼 밖에서 굶어 죽었을 거 아냐...
그러면, 시체도, 쓰레기처럼,,,
산짐승들이 와서, 뜯어먹고...
어디 도랑 같은 데 처박혀서,
비명횡사해버렸으면,
그랬으면...
야...

십새끼. 젊었을 땐 자기도 늙을 줄 몰랐겠지...
애는 어른이 되고, 자기는 치매 걸린 노인이 되서...
몸도 제대로 못 가누면서,
옛날에 자기가 짐승처럼 대했던 아들한테
밥 한 술만 달라고
마누라 좀 찾아달라고,
그러고 칭얼거리는 정신 나간 늙은이가 될 줄,
그때는 상상도 못했겠지, 개새끼...
그게, 어이가 없더라고...
그런 일을 당하고도, 나는 그 새끼 아들이고,
그 십새끼는 내 아버지라는 게...
병원 사람들이야,
모르니까 나한테 연락했겠지...
그래도 진짜, 어이없더라고. 그 새끼,
한평생 남도 아니고 지 가족들,
지 새끼들 눈에 피눈물만 내면서 잘 먹고 잘살다가,
나이 좀 드니까, 턱하니 치매 걸려서...
죽지도 않고, 끈질기게 살아서...

이제 와서 원망해봤자 소용도 없고…
받은 만큼 돌려주려고 해봤자,
본인은 뭐가 어떻게 된 건지 알지도 못하고,
나만 늙은 아버지 괴롭히는
나쁜 놈 돼버리게 생겼잖아…
그래서 돌봐주는거야.
나쁜 놈 되기 싫어서.

그렇잖아. 어렸을 때 당한 것도 억울한데,
아무것도 모르는 사람들한테 내가 왜
치매 걸린 아버지 버린 비정한 아들 소리를
들어야 돼?
왜 내가 그 새끼 때문에
죄책감을 느껴야 되냐고.

그 새낀 짐승이지만 난 사람이야,
내 할 도리 다 했으니까.
요양원에 집어넣고
돈이랑 서류랑 다 해결했고,
연락 오면 받아줬으니까
그걸로 내 할 일은 다한 거야.

그리고 동생은
다시 그 붉게
핏발선 눈으로
갑자기 그를
쳐다 보았다.
그러니까
형도 형 할일을 해.
야, 아무리 그래도...
성가신 거 알지만 가족이잖아.
그 정도는 해줄 수 있잖아.
그 새낀 내 가족 아냐,
네 얘기까지 들은 이상은
더더욱......

내가 형 가족이잖아.
그는 잠시
동생의 얼굴을
들여다보았다.
아냐?
오른쪽 턱, 그가
며칠 전 술김에
때렸던 곳이
검푸르게
변색된 것이
새삼 눈에 띄었다.
그는 자기도 모르게
왼손을 들어
동생의 턱을
쓰다듬었다.

형제는
잠시 그렇게
마주 보며
서 있었다.

크게 뭘 바라는 게 아냐.

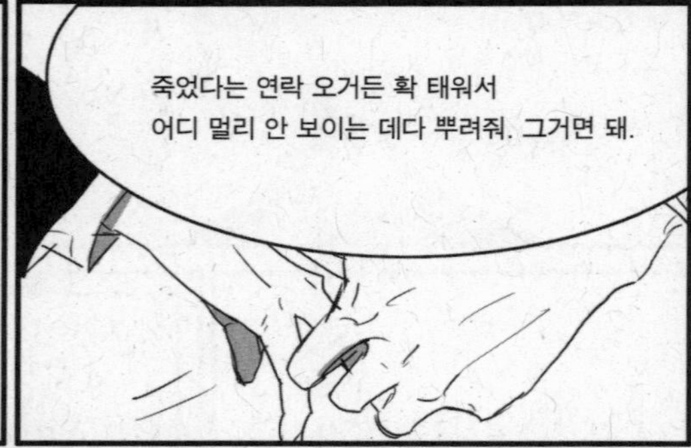
죽었다는 연락 오거든 확 태워서
어디 멀리 안 보이는 데다 뿌려줘. 그거면 돼.

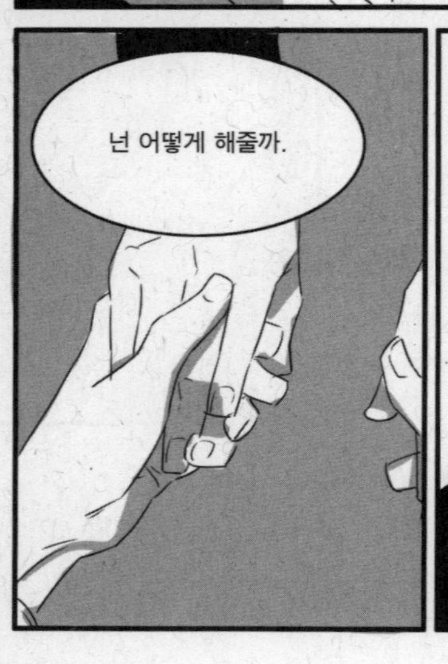
넌 어떻게 해줄까.

나?
나, 뭐?

너도, 확 태워서
어디 먼 데다 뿌려줘?

어떻게 알았어?

냄새 나서 알았다,
드러운 새끼야.

미안해.
도저히, 더는 버틸 수가 없었어...

나한테 오지 그랬어.

사람은 죽지만 않으면,
다 어떻게든 살게 돼 있는 건데...
진작 나한테 말했으면, 그랬으면......
그게 무서운 거더라고.

뭐가?
죽지 않으면,
살아야 한다는 게...
무슨 소리야?
죽고 싶다고,
맘대로 죽어지는 게 아니잖아......
그러면 결국은, 살고 싶지 않아도,
살아 있어야 돼......
소원 성취했냐?
이젠 그냥, 다 잊어버리고 전부 초월해서
좋은 데로 갈 수 있을 거 같아
그래서, 이젠 시원하냐?
별로 안 그래.
내 꼴 보면 몰라?
여기서 계속 이러고 있잖아.
빨리, 다 잊어라.
다 잊고, 빨리 좋은 데로 가.

그는 동생의 손을
잡은 자기 손에
힘을 주었다.
네가 계속 그러고
돌아다니면, 내가……
내가……
알았어.
노력해볼게.
야.
왜?
무슨 말?
너, 어떻게 하냐고.
묻는 말에
대답은 해주고 가야지.
진짜로 확 태워서
어디 멀리 안 보이는 데다
뿌려줘?

나중에 아버지랑 같은 데다 뿌리지만 마.
그걸 말이라고 하냐.
그것 말고는 형 맘대로 해.
형이 가족이니까.
형이 원하는 대로 해.
그리고,
그가 뭐라고
대답도 하기 전에
동생은
사라져버렸다.

다음 날
그는 경찰에서
걸려온 전화를
받았다.
강에서 건져낸
동생의 시체는
물에 불고 부패하여
얼굴을 알아볼 수
없었다.
경찰은 동생의
주머니에서 나온
신분증으로 조회하여
그에게 연락했다.
그리고 그는
동생이 마지막으로
만나러 왔을 때의
옷차림을 알아보았다.
그래서 그는 얼굴을
알아볼 수 없게 된
시신이 동생임을
확인했다.
사인이 자살로
처리됐다는 말에
그는 대답하지 않고
고개만 끄덕였다.

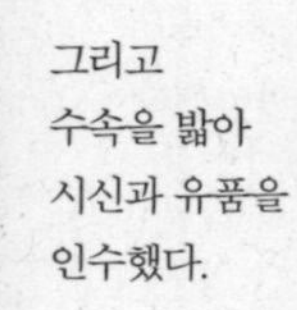
그리고
수속을 밟아
시신과 유품을
인수했다.
시신은
동생의 말대로
화장하고,
유골은 오래전에
어머니가
다녔던 절에
안치했다.
얼마 되지 않는 유품도
시신과 함께 태우려다가
어쩐지 마음에 걸려서
그만두었다.

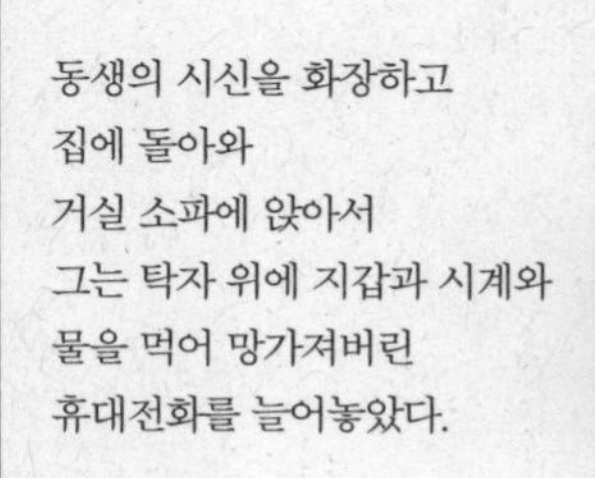

살고 싶지 않아도
살아 있어야 한다는 게
가장 무섭다던
동생의 말을 떠올렸다.

그는 살고 싶었다.
그에게는 아내도
아이도 없었다.

그런 세상과의
연결고리는 앞으로도
없으리라는 것을
그는 잘 알고 있었다.

그러므로 이제
동생을 잃은 그에게
남은 것은
아무도 없는 세상에서
순간순간 짓누르는
과거의 무게를 버티면서
혼자서 살아가다

때가 되면
생각도 하고 싶지 않은
아버지를
거두어 묻는 일뿐이었다.

그래도 그는 어쨌든,
죽고 싶지 않았다.

살아 있다는 사실이,
살고 싶다는 갈망이

형벌처럼 느껴지는 날이 있다.

그에게는 동생을 보내고
돌아온 날이 그런 날이었다.

온우주
단편선
2013

온우주 단편선은 상상력과 끊임없는 노력으로 자기만의 독특한 이야기를 빚어내는 작가들의 작품을 엄선하여 소개하는 작가별 단편선 시리즈입니다. 매년 10개의 다채로운 묶음으로 독자를 찾아올 것입니다.

온우주 단편선은 매 작품집마다 단편 한 편을 만화화하여 작가와 독자 여러분께 선물할 것입니다. 만화화된 작품은 2013년 온우주 단편선이 모두 출간된 후 따로이 책으로도 만나보실 수 있습니다.

ISBN 978-89-98711-03-0

부록